Klaus Merz erzählt die Geschichte einer Familie, deren Lebenswege immer wieder in Abgründe und Hinterhalte führen: »Kind Renz« steht auf dem Grabmal des noch ungetauft und somit offiziell namenlos verstorbenen ersten Sohnes. Der Vater leidet an Epilepsie, und daß der jüngste Sohn »Sonne« gerufen wird, ist Trost für seine Behinderung. Abseits der Kreuzungen, an denen Krankheit und Tod »den Vorrang haben«, wird gelebt, geliebt und geflunkert oder in fröhlicher Bigamie mit zwei Eskimofrauen der Fisch geteilt. Klaus Merz schildert den Alltag dieser Familie aus der Sicht des mittleren Bruders Lukas. Den Blick auf die Details gerichtet, rückt der Erzähler die Ereignisse in ein oft ungewohntes, überraschendes Licht. Fast beiläufig skizziert Klaus Merz so auch ein Bild der fünfziger und frühen sechziger Jahre, das aber nicht der Nostalgie, sondern immer dem Leben verpflichtet bleibt.

Klaus Merz, geboren 1945 in Aarau, lebt als Erzähler und Lyriker in Unterkulm/Schweiz. Mehrere Preise, u.a. Solothurner Literaturpreis 1996, Hermann-Hesse-Literaturpreis 1997, Prix littéraire Lipp 1999. Gottfried-Keller-Preis 2004. Er veröffentlichte u.a. folgende Bücher: ›Nachricht vom aufrechten Gang‹. Prosa & Gedichte (1991), ›Am Fuß des Kamels‹. Geschichten & Zwischengeschichten (1994), ›Kommen Sie mit mir ans Meer, Fräulein?‹. Roman (1998), ›Garn‹. Prosa & Gedichte (2000), ›Adams Kostüm‹. Drei Erzählungen (2001), ›Das Turnier der Bleistiftritter‹. Achtzehn Begegnungen (2003), ›Löwen Löwen‹. Venezianische Spiegelungen (2004), ›LOS‹. Eine Erzählung (2005). Zuletzt erschien ›Der Argentinier‹ Novelle (2009).

Heinz Egger, geboren 1937, lebt als Maler und Zeichner in Burgdorf/Schweiz. Ausstellungen im In- und Ausland. Seit Jahren Umschlaggestaltungen und bildnerische Paraphrasen zu den Büchern von Klaus Merz.

Peter von Matt, geboren 1937 in Luzern, ist Professor für Neuere Deutsche Literaturwissenschaft an der Universität Zürich. Zahlreiche Veröffentlichungen insbesondere zur Literatur des 19. und 20. Jahrhunderts. Seine Laudatio auf Klaus Merz zur Verleihung des Gottfried-Keller-Preises der Martin-Bodmer-Stiftung am 13. März 2004 wird in diesem Buch als Nachwort abgedruckt.

Klaus Merz

Jakob schläft

Eigentlich ein Roman

Mit Bildern von

Heinz Egger

und einem Nachwort von

Peter von Matt

Fischer Taschenbuch Verlag

5. Auflage: Mai 2010

Veröffentlicht im Fischer Taschenbuch Verlag,
einem Unternehmen der S. Fischer Verlag GmbH,
Frankfurt am Main, Januar 2006

Lizenzausgabe mit freundlicher Genehmigung
des Haymon Verlages, Innsbruck

Typographie und Satz: Carsten Schwab
Druck und Bindung: CPI – Clausen & Bosse, Leck
Printed in Germany
ISBN 978-3-596-16907-8

Unsere Adresse im Internet: www.fischerverlage.de

Jakob schläft

Abends sieht man ihn wandern,
als wäre Gehen ein Ruhn
im Licht, das die Schätze der Welt
unberührbar
ins Offene hält.

Aus dem Gedicht »Fragment«
von ERIKA BURKART

– 1 –

Kind Renz. Vom Fensterbrett wirbelt Staub, in meinem Rücken steht das Kreuz mit dem morschen Fuß, sein schmales Kupferdach ist hauchdünn mit Grünspan überzogen. Vor den acht Buchstaben, die ins Querholz eingebrannt sind, habe ich lesen gelernt.

Der ältere Bruder ist bei der Geburt gestorben und hätte eigentlich Jakob heißen sollen. Da es aber nicht zur Taufe gekommen ist, haben sich auch die Eltern, eigenartig zwanghaft, an die amtliche Namenlosigkeit ihres Ältesten gehalten.
An der Hand des Vaters, an der Hand der Mutter, zwischen den schwarzen Wintermänteln der Großeltern habe ich die seltsame Bezeichnung für meinen Bruder immer wieder durchbuchstabiert. Kind Renz.
Daß die Erwachsenen am Grab weinten, ist dann allmählich seltener geworden. Wie die Friedhofsbesuche auch. – Das Hochzeitsbild des jungen Paares, auf dem die Schwangerschaft als Schatten im Gesicht der Braut

schon ablesbar gewesen sein muß, hat nie auf unserem Stubenbuffet gestanden.
Begonien wechselten ab mit Stiefmütterchen, Stiefmütterchen mit Geranien, am längsten hielt sich der Rosenstrauch. Bis das verwitterte Kreuz eines Tages im Holzschopf neben dem Schweinekoben stand und niemand in der Familie recht wußte, wohin damit.
Ein Jahrzehnt später ging es vermutlich samt Fahrhabe und Brennholzvorrat, samt Werkbank und verbeultem Benzinkanister, Spaltstock und Harleypneus über an den neuen Besitzer der Liegenschaft, die kurz darauf noch ein zweites Mal die Hand wechselte, bevor sie endgültig eingeebnet wurde.

Innerlich gebückt, um den Schädel nicht wieder am Türbalken des leeren Schweinestalls aufzuschlagen wie damals, als ich im halbdunklen Koben das Sparschwein mit meinen Fünfzig-Rappen-Stücken knackte, geht es weiter im Kopf.
Die Münzen brannten in der kleinen Faust, sie fraßen sich heiß in meinen Handteller hinein, und ich begriff auf der Stelle, was die Erwachsenen meinten, wenn sie behaupteten, daß Geld auch nicht glücklich mache.
Um meinen Frevel zu vertuschen, verstreute ich die

handwarmen Batzen in hohem Bogen im frisch gefallenen Schnee und betete zu Jakob, inbrünstig, er möge sie doch um Himmels Willen zum Verschwinden bringen.

Nach der Schneeschmelze blinkten die Silberlinge wieder gnadenlos in der Sonne. Ich sammelte sie erschreckt ein.

Böser Lukas, sagte Vater.

Er stand mit seinem Reisbesen in der Hand auf dem Wellblechdach des Mehlmagazins, wo ein Teil meiner Börse liegen geblieben war, und schaute auf mich herab.

Vermaledeiter Jakob! dachte ich.

Im Sand der abgebrannten Voliere hockte wie immer ein aufgeplusterter Spatz.

– 2 –

Man habe die Vögel bis ins Nachbardorf schreien gehört. Mit brennenden Schwingen seien die Exoten im Käfig herumgeflattert, während Großvater mit dem Gartenschlauch in der einen, einem Beil in der anderen Hand gleichzeitig gelöscht und geschlachtet habe und vom Unterdorf her das Martinshorn allmählich näher gekommen sei.
Ein Lachender Hans ohne Kopf flog über den Gartenzaun aufs Bahngeleise hinaus, wo ihn später der Streckenwärter zwischen den rostigen Schwellen fand.
Die Brandstifter wurden nie erwischt. Und Großvater ließ von da an die Vögel bleiben, die mit ihren knarrenden Flüchen tagaus, tagein nur die Nachbarschaft genervt hatten.

Die eine der beiden Volieren diente uns später als Sandkasten. Hier buken wir Stangenbrote und Gugelhöpfe, bauten wir Schlösser, die Ritterburg, gruben wir uns auf den Erdmittelpunkt zu.

Und setzten wir am Tag nach der Sonntagsschule die Sintflut in Gang.
Der andere Riesenkäfig, südseits des Hauses, wurde in eine Gartenlaube umfunktioniert. Auf dem Feldbett mit dem Blumenmuster, unter der mokkabraunen Kamelhaardecke aus Scharm el Scheich, einem Geburtstagsgeschenk von Franz, hielt Vater, staubig und müd von der Nachtarbeit, von Frühling bis Herbst seinen Nachmittagsschlaf.
Die Wände des Anbaus waren gelb gestrichen. Als läge man in einem Ei. Mutter zog Vater die Vorhänge zu, ihre Kletterrosen wuchsen artig dem Traufbrett entlang. Auf der Abdeckleiste über dem Kopfende des Gartenbettes reihte sich Fettfleck an Fettfleck, eine läßliche Unordentlichkeit im Laubenschatten, die rosarote Ohropaxdeponie.

Von hier aus war Vater eines Nachmittages, wankend und bleich, die Kamelhaardecke um die Schultern geschlagen, in die Backstube zurückgekehrt. Als käme er aus dem Krieg.
Er war im Halbschlaf in einen Hinterhalt geraten. Die Ärzte nannten es Epilepsie.

– 3 –

Im Zwielicht der großen Voliere, silbergraue *Vampires* im Tiefflug kehrten dröhnend zu ihren Ausgangsbasen zurück, tauchten Sonja und ich ins Reich der Liebe ein. Wir legten einander die Finger zwischen die nackten Zehen und rochen daran, benommen bis ins Einschlafen hinein.

Sonjas drei Brüder bewachten unser Liebesnest, während ihr Vater noch immer im Freien vor der Sattlerei stand und seine Zupfmaschine mit Roßhaar fütterte, das ihm auch schwarz aus dem Hemdausschnitt quoll.

Sommers arbeitete er die durchgelegenen Matratzen der ganzen Gegend neu auf, geblümt, gestreift, gesprenkelt, und überließ uns den verfleckten Drillich für die Indianerzelte. Auf dem Lagerfeuer mottete Seegras, es hielt uns die Bremsen fern.

Während der Wintermonate ritten wir auf den lädierten Pferdesätteln der ortsansässigen Fabrikantenfamilien durch die niedere Werkstatt oder hockten als

stille Eingeborene, trunken von den Leimdämpfen, im dämmrigen Lederreservat.
An diesem Abend aber waren Sonjas Brüder, pflichtvergessen, wie sie uns schon tagsüber immer wieder vorgekommen waren, über den Jagdspeeren eingeschlafen, und unsere Eltern trugen uns auf ihren Armen zu Bett.
Ihr Weg führte am ehemaligen Fischteich vorbei, der nach der Karpfenzeit, die sich nahtlos an Großvaters Vogelzeit angeschlossen hatte, zu unserem Planschbekken geworden war.
Die Wasseroberfläche hatte wie das schillernde Kostüm eines Weißclowns ausgesehen, als Großvaters Wildkarpfen ihre Schuppen fahrenließen und rücklings, nackt, durch den ausbetonierten Teich auf den Ausguß zutrieben.
Während einer stürmischen Nacht im April, Bäche traten über ihre Ufer, ganze Häuser wurden abgedeckt, die Kartoffeln schwammen aus den Kellerlöchern heraus, rissen brechende Tannäste die Oberleitung der Bahn entzwei, und ein Drahtende schlug ins nahe Fischbekken ein.
NICHT BERÜHREN!
stand auf den gelben Warntafeln mit dem schwarzen

Totenkopfemblem, das von jedem Fahrleitungsmast herabgrinste. Wir faßten die toten Tiere nicht an.

Das frisch herausgeputzte Binnenmeer mit seinem vitriolblauen Wasser machte an wolkenlosen Sommertagen die bleischweren Knochen meines jüngeren Bruders leicht.
Er lag ausgestreckt im Teich, den schwarzen Autoschlauch um die Brust gelegt, einen Korkteller als Heiligenschein unterm Hinterkopf, und ängstigte sich sehr, wenn wir mit den Luftgewehren über seinen Bauch hinweg die Elstern von Mutters Salatbeeten schossen.
Manchmal tauchten über der Abflußröhre auch die roten Bäuche der Molche auf und erschreckten ihn. Wasserläufer griffen ihn mit den dünnen langen Beinen an, oder ein Feuersalamander brannte ihm auf der weißen Haut.
In unserer Verwandtschaft wurde mein Bruder *Sonne* genannt.
Er schrie nicht, als die rote Katze neben ihm im Wasser lag. Ich hatte sie ertränkt, um ihn von der Wut zu befreien, die er an uns nie auslassen konnte. Und ich nicht an ihm.
Die Liebeslaube nannten wir *Orient*.

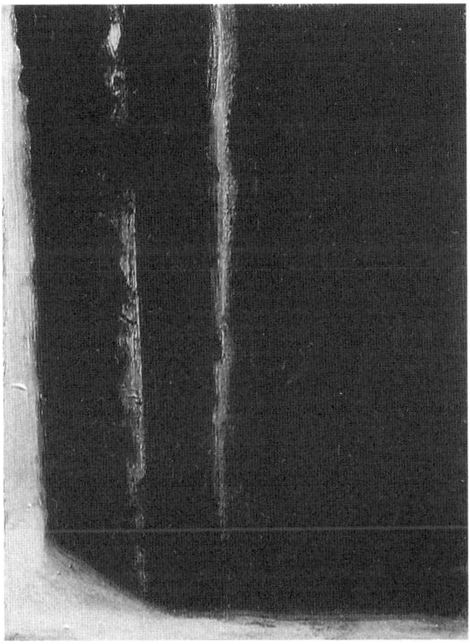

– 4 –

Franz, steck deine Hand in Brand, damit sie uns leuchte!

Aus Unachtsamkeit hatte Franz beim Spiel mit dem Messer, dessen Spitze er wie einen Trommelwirbel in den Zwischenräumen seiner gespreizten Hand hin- und herschießen ließ, schon einen Finger verloren, den kleinsten. Seither steckte er seine Havarie, wie er es nannte, noch viel lieber in Brand.

Er goß Petroleum über die Haut, zündete sie mit seinem Feuerzeug an. Wir erschraken und lachten, er lachte mit und schob die lodernden Finger schnell in den Hosensack seines blauen Overalls zurück, um die Flammen zu ersticken, zog mit der freien Hand gleichzeitig eine brennende Zigarette aus dem linken Ohr. Die Sattlerbuben staunten.

Wer Franz nie im Handstand durch unseren Holzschopf hatte gehen sehen, wer noch nie vom Blick der Meerjungfrau getroffen worden war, die sich mit ihren tintenblauen Armen um sein Schienbein schlang und

unterm hochgerutschten Hosenstoß langsam aufwärts schwamm, der gehörte nicht zum Kreis der Eingeweihten.
Und der fand auch keinen Platz auf dem Sozius seiner Harley, die Franz an guten Tagen aus dem Werkbankschatten in die Sonne rollte, damit wir uns, die Mutigsten und die Beladensten, in ihrem großen Sattel von aller Erdenschwere freifedern konnten.

Es waren Brandmale des Glücks, die unsere Schenkel und Knöchelgegenden zierten, wenn wir in den langgezogenen Kurven hinter der Käserei von Wynon der Fliehkraft nicht mehr standhalten mochten und unser nacktes Fleisch an die heißen Auspuffröhren schmiegten.
Erst zu Hause verwandelte sich unser Glück wieder in Schmerz, die Wunden glühten. Man legte Tafelbutter auf und untersagte uns die wilden Fahrten strikt.

– 5 –

Hinter dem breiten Rücken herrschte ein dunkles Vakuum, das nach Leder roch. Neben meinen spitzen, nackten Knien schossen Asphalt und Grasnarbe vorbei. Die Schachtdeckel glänzten. Der Zweiunddreißigjährige, der jetzt den Lenker des schweren Motorrades in den Händen hielt, war mein Vater.

Die Landschaft, in die wir hineinfuhren, pulsierte wie eine offene Fontanelle. Ihre Ränder leuchteten rot. Ein besoffener Bauer hielt mit seinem Ford auf uns zu. Vater fuhr in die Wiese hinaus, bremste. Aus dem offenen Kofferraum des Wagens, der im Zickzack weiterfuhr, schwappte Milch.

Jetzt wären wir beinahe davongekommen, sagte ich zu Vater. Etwas an diesem Satz dünkte ihn falsch, aber er korrigierte mich nicht, hob mich vom Sozius und drückte mich an die Brust. Wir atmeten durch, setzten uns neben der laufenden Maschine ins kurze Gras.

Hydrozephalus. Ein rundes, behaartes, beinloses Insekt von der Größe eines beladenen Heuwagens kam uns von der Moräne her querfeldein entgegen. Wir fuhren wieder los.

Ich versuchte mir meinen kleinen Bruder vorzustellen, dessen Kopf, wie es hieß, zu schnell wuchs. Durch diese Überdimension alarmiert, rasten wir weiter das Tal hinab. Panisch und titanisch zugleich, wuchsen wir viel zu schnell in die rasch herabfallende Dämmerung hinein. In der Kantonshauptstadt gingen auf einen Schlag die Lichter an.

Der Bruder schlief, als wir ins Zimmer traten, sein modelliertes Köpfchen lag auf dem weißen Kissen und wußte nichts von sich selbst. Auch ich sah nicht, was ich wußte. Das Wort Wasserkopf hat uns das sachdienliche Leben erst später beigebracht.

Ich drehte mich Mutters Bett zu. Sie lag in einer Lache von Schmerz und suchte nach mir mit der Hand. Ich zog meine Lederhaube nicht aus.

Die Verzweiflung begann das Krankenzimmer langsam mit Elektrizität zu füllen, unsere Augen leuchteten grün.

Das Bündelchen erwachte:

Zusammen
wollen wir es tragen
quer durch die Welt, sagte Vater.

Als wir wieder nach Hause kamen, stand die Glätterin noch immer an ihrem Bügelbrett und stärkte unsere Kragen.

– 6 –

Wir bewohnten den ersten Stock unseres Hauses nur zum Schlafen, bei Krankheit und an hohen Feiertagen. Die restliche Zeit verbrachten wir parterre. In der Backstube, der Küche, im Laden. Und in der kleinen Stube nebenan, mit den Eisblumen an den Fenstern.

Sommers standen rote Geranien auf dem Sims, vor Gesundheit strotzend. Sie waren das Resultat von Mutters grünem Daumen. Die Pflanzen standen für die andere Seite ihres Lebens, grün und rot und üppig. Was sie anfaßte, schlug Wurzeln, blühte, trug Früchte und trieb einen Glanz in ihre matten Augen hinein, der spätestens mit den Winterastern wieder verschwand.

Kontor nannte Vater hartnäckig unsere kleine Stube, weil sein Schreibtisch mit dem blauen Kassabuch in der obersten Schublade, den abgelegten Rechnungen und Quittungen in der hinteren Ecke des Räumchens stand.

Sein Tisch diente uns als Ablage für Kleider, Briefpost,

Drucksachen, Schülerkram. Zwischen den Radiergummis, der Pinzette für Großmutters Barthaar, den Büroklammern und Bleistiften sammelte sich der Staub.
Wir saßen um den Ausziehtisch herum, lagen auf dem abgewetzten Kanapee, den Lautsprecher mit dem Programm des Landessenders Beromünster nah am Ohr, um die Kundschaft hinter der stets nur angelehnten Tür nicht zu stören.
Gelegentlich stießen noch der staubige Mehllieferant, ein Schokoladevertreter, der Eiermann dazu. Oder Mutter breitete die schönen handgewebten Stoffe eines leisen Reisenden aus der Nordwestschweiz vor uns aus. Und lebte auf.
Mit ihren vom Haushaltsgeld abgesparten Batzen verschönerte sie Haus und Weihnachtstrakt Jahr für Jahr um ein weiteres Kissen, eine Tischdecke, um das Kastanienrot neuer Vorhänge.
Und Vater band sie abends eine auserlesene Krawatte, die er nur selten trug, aber gerne mochte, um den Hals. Pastellfarben ohne Glanz, aber voll von Wärme.

Im Kontor wurden auch unverhoffte Besuche mit Bergen von Süßigkeiten abgespeist. Die Verwandten und Bekannten stiegen kopfvoran in die Süßteigtaschen.

Dazu gab es Schwarztee, versetzt mit spanischem Wein.
Ich vertrage dieses Gemisch einfach nicht, sagte die Brettschneiderin und goß sich direkt aus der Flasche ein, überließ ihren Enkeln den Tee und die Taschen. Sie sprach mit den Händen, die braun waren vom Tabaksaft, die schnellste Stumpenmacherin der Gegend, und so redete sie auch, wie ein Gewehr.

Aber am Tag, als Franz den Blaupunkt hereinbalancierte, blieben selbst ihr die Worte im Halse stecken. Er hatte diesen Cadillac unter den Radios aus einer Konkursmasse für uns erworben, übersetzte die Ansage von Radio Luxembourg, schon bevor er den Apparat ans Netz angeschlossen und auf den Tisch gestellt hatte.
Hinter dem beigen Stoffbezug erahnten wir das Riesengebläse des Lautsprechers, und die Sendertasten erinnerten den Eierlieferanten an Franzens Harmonium mit der Elfenbeinklaviatur. Er hielt lauthals dafür, daß man von nun an auch mit zu kurzen Fingern Musik machen könne. Franz schlug ihm die Hand von den Tasten und las uns die Stationen Europas vor, als rezitierte er ein Gedicht.
Er drehte mit seiner Linken suchend am Weltenrad.

Dann erst klappte er mit einem schnellen Griff die Hirnschale des Apparates auf. Im Rechteck vibrierte tatsächlich das Grammophon. Franz hatte auch eine Schallplatte dabei.
Brunswik stand auf der schwarzen Scheibe, es mußte ein anderes Wort sein für Glück, der Stubenboden wankte. Der heisere Gesang des schwarzen Trompeters vertrieb die Brettschneiderin mit ihren drei Enkelkindern augenblicklich aus dem Kontor und ließ uns enger zusammenrücken:
On the sunny side of the street.
Wer recht in Freuden wandern will,
hörten wir die abziehende Tante trällern.

Erst nach Sonnenuntergang stellten wir uns dann wieder auf die Nachrichten von Landessender Beromünster ein. Während man in den Häusern der Nachbarschaft schon längst an den Fuß der Blauen Berge abzuwandern begann, hingen wir weiterhin dem Echo der vertrauten Stimmen nach:
Von Theodor H. aus London,
Hans O. aus Paris,
Heiner G. aus New York.
Ihr Tonfall hatte unsere Vorstellungen von der großen

weiten Welt, von fernen Städten und Konflikten in unsere ländlichen Köpfe hineinmodelliert und nachhaltig geprägt.
Franz drückte mit Daumen und Zeigefinger die Nasenwurzel zusammen:
Damit ich euch besser hören kann, sagte er, warf eine Tablette ein. Gegen Fernweh und Schmerz.

Als erster begann Sonne, mein kleiner Bruder, in der Folge seiner langen, ereignislosen Vormittage, das Herz allmählich an die Ultrakurzwellen zu verlieren.
Für die neusten Schlager und den explosiven amerikanischen – und deutschen Rock'n' Roll, von dem er sich zuweilen fast von seinem Stuhl reißen ließ, nahm er auch die Staubsaugerwerbung der nördlichen Nachbarn in Kauf.
Das geschah aber erst lange nachdem Großmutter den Kampf gegen ihr Barthaar definitiv eingestellt hatte und zur Gesundbeterin geworden war.

– 7 –

Großvater war nach den Vögeln und den Fischen entschlossen zu den Bienen übergelaufen: Ihr müßt Honig essen, Kinder, sagte er zu uns. Ich mach ihn für euch.

Er hatte sich sein Insektenparadies in der Nähe des Friedhofs aufgebaut. Gegen ihre Stiche war er bald einmal immun. Er rührte Zuckerwasser an, wechselte Waben aus, wischte die toten Tiere von den Fluglöchern, grüßte die Königinnen.

Schwärmte ein Volk, tauchte er in seinen persönlichen Jungbrunnen ein. Er bestrich sich den rasierten Kopf mit Honig und trug die Abtrünnigen als summende Krone heim.

Auch die Königin besitzt einen Stachel, doch braucht sie ihn nur, um im Zweikampf mit einer Nebenbuhlerin zu siegen oder zu sterben. Die Drohnen hingegen sind wehrlos und werden in der Drohnenschlacht vernichtet, wenn ihre Zeit abgelaufen ist, erklärte er unseren Bäckergesellen, als läse er ihnen die Leviten, bevor er

sie wie jedes Frühjahr und jeden Herbst seinen Honig schleudern ließ.
Wo man hinlangte, blieb man kleben, hin und wieder hatte einer eine Biene im Mund und wurde zum Notfall. Abends stand das flüssige Gold in Kesseln und Gläsern auf dem Auswalltisch – gegen die harten Winter, die mir Großvater, kaum war ich eingeschult und also in die Welt hinausgetreten, mit Honigbroten und in seinem blauen Militärmantel durchzustehen empfahl.

Der harte Stoff wurde unverzüglich von seinem eingemotteten Haartornister gerollt, und Brettschneider, der eingeheiratete Österreicher in der Familie, der seinem Namen alle Ehre machte, nahm an mir Maß. Achselstücke, silberne Knöpfe und die große Gurtschnalle mit dem spitzen Dorn sollten auf Wunsch der Erwachsenen unbedingt übernommen werden.
Wie ein Mumifizierter stand ich bei der Anprobe in Brettschneiders dunkler Werkstatt. Er saß mit verschränkten Beinen teuflisch auf seinem Schneidertisch, um den mageren Hals das abgegriffene Meterband geschwungen, an dem er mich jederzeit aufhängen konnte.
Meine Mutter begann, selber auch immer unglücklicher, hilflos an ihrem traurigen Kindersoldaten unter

dem blauen, groben Stoff zu rütteln. Um unsere Köpfe herum surrten die Fliegen.
Es steht ein Soldat am Wolgastrand, tremolierte Brettschneider und musterte selbstgefällig seinen Fadenschlag.
Schneegestöber setzte ein, aufs Schlachtfeld sank die Dämmerung, in der Schneiderwerkstatt wurde es finster.
Ich hatte in meiner Not, unserer Familientradition folgend, das Atmen eingestellt. Und prompt wurden die Kaisermanöver des verschwägerten Österreichers und seines alliierten Schweizer Bienenzüchters und Bäckerwachtmeisters abgeblasen.
Man versprach mir für den bevorstehenden Winter eine Windjacke mit Känguruhtasche. Ich schöpfte wieder Luft. Mutter umarmte mich. Wir ließen einander an diesem Tag nicht mehr los.

– 8 –

Steh auf und wandle! sagte Großmutter jeden Morgen zu meinem Bruder. Sie balancierte auf ihrem linken Fuß und hob die Gichthände beschwörend zur Zimmerdecke empor. Vom Achtuhrzug, der mit einem leeren Güterwagen im Schlepptau an unserem Haus vorbei talwärts schoß, zitterte das Fensterglas.
Mein Bruder richtete seinen Kopf gerade und rüttelte auf ihr Kommando hin ein wenig am Stubentisch, er ließ seine Stirnader vor Anstrengung bedrohlich anschwellen und sank nach einer Weile wieder in sich zusammen. Die Frühnachrichten deckten die Stoßseufzer der Heilerin zu.

Zum letzten entschlossen, bot Großmutter kurz vor Weihnachten die Gemeinschaft ihrer Brüder und Schwestern auf zum Gebet. Unterm dunklen Gemurmel der herbeigeeilten Bleichgesichter aus der Lazaruskapelle hob der Stubentisch vor unseren Augen langsam vom Boden ab, mein Bruder aber blieb sitzen.

Den erschreckten Eltern, die nur kurz außer Haus gewesen waren, um ein wenig Luft zu schöpfen während dieser strengsten Tage im Jahr, und die die vermummte Schar in ihren schwarzen Schneeschuhen auf der Türschwelle noch kreuzten, versicherten wir, daß wir keinen Schaden genommen hatten bei der Übung. Großmutter gab sich geschlagen.
Geht's, geht's.
Geht's nicht, geht's auch,
sagte sie zwar noch und wäre beinahe wieder die Alte gewesen, zog sich dann aber doch mit ihrer Gottesarmee in die ungeheizte Kapelle zurück.
Vater hob vor Wut einen Vorfensterflügel aus den Angeln und warf ihn aufs Bahngeleise hinaus.
Mutter weinte.

Wir machten Kasse. Ich war wie immer für das Kupfer- und Nickelgeld zuständig, türmte die Rappenstükke, die Bätzler und Zweibätzler in den Stubenhimmel hinauf. Das Silbergeld fiel unter Mutters Obhut. Vater hatte es am einfachsten, seine paar Geldscheine waren stets schnell gezählt.
Und jeden Letzten des Monats bereitete er die Zahltagstaschen der Angestellten vor, tiefgelbe Tüten mit

Klebeverschluß. Lag zu wenig Geld in der Kasse, half Mutter mit ihrem Abgesparten bei den Löhnen aus.
Die Gesellen schienen von innen zu leuchten, wenn sie, nachdem sie artig an die Stubentür geklopft hatten, ihre Unterschriften so sorgfältig und feierlich und waghalsig zugleich auf die Lohnzettel setzten, als beschrifteten sie eine Buttercremetorte mit flüssig heißer Schokolade, während die Mägde mit Vaters Füller in der Hand regelmäßig in Verlegenheit gerieten und froh waren, wenn alles vorüber war.
Vater legte immer noch einen Fünfliber dazu. Er konnte nicht anders.
Mutter schrieb diesen Umstand seiner Krankheit zu.

– 9 –

Überhaupt hatte Kranksein den Vorrang in unserer Familie. Und nachdem Großmutter in ihrer religiösen Umnachtung barfuß durch den Schnee gegangen und mit den ersten Frühjahrsstürmen aus dem Haus getragen worden war, leicht wie altes, zartes Laub, war mein Bruder wieder der Kränkste im Haus, so krank, daß man ihn auch gerne und ausgiebig besichtigen kam.
Auf der Straße drehte sich groß und klein nach ihm um und vertrat sich dabei die Füße an den Randsteinen, blieb mit Hosen und Röcken an den Gartenzäunen hängen, schlug sich die gaffenden Köpfe an Telegrafenstangen wund, wenn ich ihn in seinem hochräderigen Wagen durch die Straßen schob.
Es gab erst wenig Fernsehprogramme und nur mäßigen Sensationsjournalismus, also deckten wir einen Teil des lokalen Bedarfes nach Unterhaltung lebensecht ab.
In unseren besten Zeiten aber, wenn die Verzweiflung im Innern plötzlich umschlug in grenzenloses Selbstbewußtsein, nannten wir die tatsächlichen Idioten gna-

denlos beim Namen und scheuchten sie hernach, unter spitzem Gelächter und den hochgerissenen Vorderrädern unseres schweren Gespanns, in die Flucht.

Den Höhepunkt der unfreiwilligen Schaustellerei bildete sicher Vaters Grand mal am Straßenrand. Es war Sonntagmorgen, als er auf dem Spaziergang mitten im Dorf hinschlug. Die barmherzigen Samariter traten wie auf Kommando aus ihren Häusern und türmten einen gewaltigen Dom aus neugierigen Menschenleibern um uns herum auf.
Sonne stand im finsteren Chor und schaute hilflos aus seiner Karre heraus, ich selber kniete bleich neben dem zuckenden Vater und ministrierte im säuerlichen Geläut der Ausdünstungen, so gut es ging.
Nach einer Ewigkeit, die meinen Bruder und mich in zwei kleine Greise verwandelt hatte, die Sonne stand jetzt im Zenit, der Geruch von angebranntem Fleisch lag in der Luft, schaute Vater erwachend um sich. Er nickte mir zu, erhob sich langsam und wendete das Blatt.
Er ordnete seine Kleider, schneuzte ins Sonntagstuch, zog sein dunkelblaues Béret in die Stirn und visierte mit den Augen einen fernen Punkt am Horizont an.

Er griff nach dem Cabriolet meines Bruders und legte mir seinen Arm um die Schultern. Wir traten zusammen, ohne die verdutzte Sonntagsmannschaft noch eines Blickes zu würdigen, aus einem schwarzen Tunnel in den hellsten Nachmittag hinaus, den ich je erlebt hatte.

– 10 –

Am Abend packte mich dann das Fieber. Hei, wie die Quecksilberkügelchen lustig über die Federdecke kullerten und sich flugs zwischen den weißen Laken verkrochen, wenn mir schon wieder ein Thermometer in den feuchten Händen zerbrochen war. Und wie lange dann Mutter in meinem Zimmer verweilte, um nach dem verlorenen Silberschatz im Bett und in den Ritzen des Riemenbodens zu suchen.

Wenn sie gegangen war, streifte ich die Essigsocken ab und griff auf Jakob zurück:

Bruder Jakob, Bruder Jakob,
schläfst du noch, schläfst du noch?

sang ich leise zum Deckentäfer hinauf.

Im Kindergarten hatten wir den Kanon gelernt und bis zur Dreistimmigkeit getrieben. Ich wußte damals sofort, wem er galt. Die Kindergärtnerin hatte sich insgeheim auf meine Seite geschlagen. Ohne sie wäre mir Jakob nie wach geworden.

Wenn sich die Quecksilbersäule des Fieberthermometers über 39 Grad Celsius hinausschraubte und ich seinen Kanon anstimmte, schlug Jakob den schweren Vorhang am bahnseitigen Fenster zurück und stand da. Er war fast einen Kopf größer als ich, trug langes Haar. Mit einem Engel aber hatte er nichts am Hut. Schließlich war er mein Bruder.

Ich habe die Glocken gehört, sagte er lediglich und setzte sich an mein Bett. Er wußte, daß ich im Fieber nicht schlafen, die Augen nicht zutun konnte über der entzündeten Welt.

Jenseits der 39-Grad-Grenze strich mir Jakob mit seiner Hand über die Lider und übernahm regelmäßig meinen Bereitschaftsdienst. Ich tauchte auf der Stelle in die Sorglosigkeit ab. Und wurde bald wieder gesund.

Am Morgen nach Jakobs letztem Einsatz an meinem Bett stand dann das Fahrrad mit dem Hilfsmotor vor der Tür. Ich streichelte seinen silbergrauen Zylinder, schob die Maschine im Laufschritt an. Mit der Brothutte am Rücken und kaum einen Tag fieberfrei, schwang ich mich in den Sattel und ließ Mutters Bedenken schon auf den ersten paar Metern im Fahrtwind zerstieben.

– 11 –

Ich belieferte das Altenheim, zwölf hellgebackene Stangenbrote für die schadhaften Zähne. Im Korridor mit den bereitstehenden Totenbetten hielt ich den Atem an, um nicht angesteckt zu werden. Feuchter Verputz klatschte vom Gewölbe herab. Am Schürzenbändel des Kochlehrlings galoppierte ich wieder aus dem Spittel hinaus. Er bewunderte voller Ehrfurcht meinen neuen Töff.

Dann ging's schnurstracks in die Lieferanteneingänge der Wirtshäuser hinein. Die Serviertöchter spendierten, obwohl ich jetzt motorisiert und nicht mehr mit hochrotem Kopf wie üblich ankam, ein großes Glas *Negerschweiß*. Das Getränk mit dem dunklen Erdteil auf dem Etikett, dem Kap der Guten Hoffnung, dem Sturmkap, das Bartolomäus Diaz 1487 als erster Europäer umfahren hatte, stärkte mich für den Rest meiner Tour.
In hohem Bogen pinkelte ich ans hohe, vergoldete Gar-

tentor, bevor ich in der Villa des Ortsgottes, Nägel & Stahl, das Bircher-Bennerbrot lieferte.

Die leere Brothutte verkehrt am Rücken, um die Aerodynamik zu verbessern, den Kopf zwischen die Kabelstränge der Lenkstange gebeugt, sauste ich talwärts. Und kühn wie nie zuvor bremste ich in der Nähe von Mädchen kurz ab.

Man trug noch keinen Helm auf den Fahrten. In den Kurven perforierte ich den Asphalt mit den Pedalen, daß die Funken stoben, und rammte mit der Schulter eine Fahnenstange. Ihr loses Drahtseil zog mir einen blutigen Scheitel über den Schädel.

Vater assistierte standhaft beim Rasieren und Nähen, kippte erst beim achtzehnten Haft, als alles schon fast vorüber war, unserem Hausarzt vor die Füße.

Mit je einem weißen Turban auf dem Kopf verließen wir das Ambulatorium.

Dem Motorfahrrad war zum Glück nichts passiert.

– 12 –

In Sonnes Hinterkopf hatten sie ein paar Monate nach seiner Geburt zwei Löcher gebohrt, um das rasche Wachstum des Schädels zu stoppen. Bei Gegenlicht sah man im struppigen Haar sein Herz schlagen.
Sonne langte mit seinem kurzen Arm, der kleinen Hand auf den Kopf hinauf, legte seinen Finger auf die pochende Stelle und lachte, wenn ich ihn Zweitakter nannte.
So hatte jeder seinen Hilfsmotor.
Mit dieser Ausrüstung ließ es sich leben.

Im Schatten der Gummibäume wartete die Gärtnerstochter auf das Sonntagsbrot. Ich betrat das Treibhaus von hinten und erschreckte sie mit dem Kopfverband.
Wir tauschten zusammen die Sorgen des Mittelstands aus und schwiegen dann, Zunge an Zunge, bis sich die Glaswände um uns herum mit Dampf beschlugen.
Es roch nach Torf.
Erst die *Glocken der Heimat* aus dem Gärtnereiradio

riefen uns wieder nach Hause zurück. Es war Samstagabend, der Mittelstand wurde gebadet, ein Hörspiel stand nachher auf dem Abendprogramm.
Eine Weile lang nannte ich mich selber Paul Cox. Dann wechselten auch die Namen der Hörspielkommissare immer öfter. Wie schon diejenigen der gestandenen Auslandskorrespondenten, die ich lange für unauswechselbar und ewiggültig gehalten hatte. Nicht einmal Viktor W. in Rom, der Ewigen Stadt, hielt später durch.
Trotzdem blieben wir dem unsichtbaren Ätherwesen weiterhin treu, saßen wir Samstag für Samstag bis zu den Spätnachrichten am Stubentisch.
Wenn die Landeshymne ausklang, zog Mutter in der Küche bereits die dampfenden Eiernudeln aus dem Wasser, die sie nur mit flüssigem Aroma würzte, und wir hielten unseren Mitternachtsschmaus. Wie die Könige, nur ohne Fleisch und Dienerschaft.
Dieses wöchentliche Abendmahl war Teil einer unausgesprochenen innerfamiliären Verschwörung, über der Sonne im oberen Stock schlafend wachte.
Den Wein trank ich aus Vaters Glas.

Bevor wir zu Bett gingen, traten wir zusammen ans Fenster. Wenn ich Glück hatte, trug der Sputnik seinen Affen vorbei. Sicher aber blinkten die Warnlichter des nahen Sendeturms am südlichen Himmel. Es sah aus, als hätten wir es mit einem großen Sternzeichen zu tun. Vater suchte wie immer nach dem Großen Wagen, während der Wintermonate nach Orion. Mutter roch am Lavendelstrauch.

– 13 –

Beim Verlassen des Kontors fiel unser Blick auf den großen nackten Mann, der in Öl neben der Stubentür hing. Vaters kühnste Anschaffung seit Jahren, Kunst gegen Brot.

Er mochte den Maler, einen Jahrgänger, der mit langen Schritten in seinen Laden trat, in den verfleckten Hosen und mit einem Regenbogen unter den Fingernägeln nach dem am stärksten gebackenen Brotlaib zeigte.

In der einen Hand den breitesten Pinsel, in der andern einen Stofflappen, der ihm wie beiläufig auch als Lendenschurz dient, steht der Maler auf dem Selbstporträt seinem Spiegelbild gegenüber. Die Sommerhitze macht das Licht in seinem Atelier auf dem ehemaligen Heuboden, macht es auf unserem Ölbild gelb.

So steht auch Gary Cooper auf dem heißen Dorfplatz von Hadleyville und erwartet den Mittagszug. Nur daß er Kleider trägt und einen Sheriffstern am Revers. Al-

lein und parat. Jedoch ohne eigentlichen Auftrag. Er kann nicht anders.
Wir sahen uns den Film an einem Sonntagnachmittag an. Nach dem Schlußduell zwischen Kane und Frank Miller machten wir uns wortlos, mit staubtrockenen Augen auf den Heimweg, gingen aus den Hüften heraus durch den ausgestorbenen Ort. Es war ein Gehen wie damals, als Vater sich nach einer Ewigkeit wieder vom Boden erhoben hatte und wir aus dem finsteren Tunnel ins Licht hinein heimwärts gegangen waren.
Zu Hause setzte Vater den Vorteig an. Mutter strich mir die Querschläger aus den Haaren.

Die Füße des Malers, auch wenn sie nicht zu sehen sind, stehen fest auf dem Boden. Er ist ein währschafter Mann, der sich vor unseren Augen aufmerksam und neugierig mustert. Unter dem Schnurrbart der schmale Mund. Hundertmal muß der Maler aus seinem Bild heraus an die Leinwand getreten sein. Die Augen zusammengekniffen, hat er mit der ausgestreckten Hand an sich Maß genommen und gemalt.

So müßte man dastehn können, hatte Vater gesagt, den Nagel aus dem Mund genommen und in die Wand ge-

schlagen, um sein Bild daran aufzuhängen. Für einmal duldete er keine Widerrede.
Bei mir geht es um den Auftrag der Farben.
Bei dir ums tägliche Brot.
Vater war einverstanden.

– 14 –

Wenn ich nach Ereignissen, wie es der Western am Sonntagnachmittag gewesen war, nicht einschlafen konnte, erkundigte ich mich vorsorglich nach Lots Weib, von dem im Religionsunterricht wieder die Rede gewesen war.

Ich konnte einfach nicht verstehen, weshalb Gott die Zerstörung von Sodom und Gomorrha so gnadenlos in Gang gesetzt hatte. Nicht einmal die Kinder verschonte er. Vor allem aber begriff ich nicht, weshalb er Lots Frau, die ja bloß zurückgeschaut hatte, zur Salzsäule erstarren ließ.

Wieso macht das Gott mit den Menschen, wenn er sie doch liebt? Es war eine Frage, die Vater, auch wenn er noch so müde war, noch einmal auf den Plan rief.

Ja, so laufe es eben, sagte er, daß seit jeher die herzlosesten Ignoranten, die Duckmäuser und Schleimscheißer, die wahrhaft Unmenschlichen am Schluß überlebten und mit heiler Haut davonkämen, die Rücksichtslosen eben. Jene, die keine Notiz nähmen davon, was in ihrem

Rücken passiere. Die nicht einmal den Mut hätten zurückzuschauen. Denen jede Katastrophe recht sei, wenn man ihnen nur das Verschontbleiben verspreche.
Hut ab vor Lots Weib, Hut ab, sagte er und fing an, im kleinen Zimmer unruhig auf und ab zu gehen, zu atmen. Mutter begann um ihn zu bangen.
Sag der Lehrerin, sag dem Lehrer, daß man diese Frau loben soll, obwohl sie nicht einmal einen eigenen Namen beanspruchen darf in den Büchern.
Sag ihnen, daß Lots Frau die einzige gewesen sei, die sich trotz finsterer Drohungen umgewandt habe, als sie hörte, was in ihrem Rücken in Gang gesetzt wurde.
Als sie den Donner hörte, die Schreie. Und die Blitze ihren fliehenden Schatten, der Reißaus nahm, vor ihr auf den Boden warfen.
Als sie die Hitze des Feuers spürte, das in ihrem Rücken zu wüten begann.
Sag dem Lehrer, daß sich Lots Weib als einzige gegen die Flut des fliehenden Haufens gewandt habe. Mit entsetztem Gesicht und starr vor Schrecken. Vor so viel Grausamkeit und Zorn.
Und sag deiner Katechetin, daß wir Gary Cooper ge-

sehen haben. Wie er allein über den Dorfplatz ging. In Hadleyville.

Und daß einer bei uns an der Stubenwand hängt, nackt.

Sag ihr das, und jetzt schlaf!

– 15 –

Warum Sonja später ausgerechnet den Viehhändler heiratete, in dessen Haushalt sie nach ihrem Schulabschluß eine Lehre absolvierte, blieb uns auch immer ein Rätsel.

Der Witwer hatte der Trauer um seine erste Frau, die im Kindbett an einer Thrombose gestorben war, kaum ein paar Wochen eingeräumt, als wir gerüchteweise schon von Sonjas bevorstehender Heirat erfuhren.

Ins wilde Schneetreiben hinein, unter unserem halbherzigen Reishagel hindurch, am Spalier der schwarzen Regenschirme vorbei zog der Viehhändler die junge Braut endgültig aus unserem Dorf hinaus. Es sei kein gutes Omen, sagte meine Mutter, daß Sonja diesen Mann ausgerechnet an Franzens Todestag heirate.

Und wir sahen sie denn auch, nach dem überstürzten Bündnis und entsprechendem Getuschel, vor unserem inneren Auge immer öfter auf ihrem Ostschweizer Futtersilo stehen:

Blutjung, von Sehnsucht geplagt und schwermütig, wie

sie es als Kind nie gewesen war, muß sie von da oben aus Richtung Jura geschaut und mit langsamen Augen die alten Hügelzüge abgegrast haben, die sie mehr ahnte als sah.
Über Jahre hinweg hielt sie derart Ausschau und ließ die Kinder des Viehhändlers stoisch an sich hochwachsen. Bis sie eines Abends endlich aufs Pflaster sprang, kopfüber, und sich die Tiere im Stall von ihren Koppeln losrissen.

Von diesem Zeitpunkt an ließ sich der Viehhändler nur noch passionierter mit seinen Rennpferden ein, die nie siegten. Er wurde bald darauf, als er sich selber in den Sulky schwang, klein und mager, wie er es schon immer gewesen war, von einer Hinterhand am Kopf getroffen und verblödete.

Sonja aber hatte seinen halbwüchsigen Kindern in einer Ecke des Nähzimmers eine vergitterte Holzkiste hinterlassen. Lauter graue Kokons. Es war November.
Vier Monate später schlüpften die Schmetterlinge aus:
Große Füchse.
Schwalbenschwänze.
Es war kein Trauermantel dabei.

– 16 –

Im Kontor hatte uns auf den Tag genau sieben Jahre vor Sonjas Heirat die Nachricht erreicht, daß Franz, Vaters Bruder, der einige Jahre zuvor endgültig nach Alaska ausgewandert war, in einem nahen Wald abgestürzt sei.
Er hatte Hüte getragen, mit neun Fingern Harmonium gespielt, Gedichte aufgesagt und immer Kopfweh gehabt.
Er konnte zaubern, schwere Motorräder fahren. Und fliegen.
Wir rissen das Kalenderblatt mit seinem Todestag nie mehr ab.

Die Zeitungen berichteten, daß ein einmotoriges Flugzeug vom Typ CAP 10 B in der Nähe von T. in einen Wald gestürzt sei. Franz und seine Begleiterin aus Fort Yukon waren auf der Stelle tot.
Die Maschine war, wie es hieß, zwanzig Minuten vor dem Absturz in Z. entwendet und auf halsbrecherische

Art gestartet worden. Sie wurde direkt nach T. geflogen, wo sie bei gedrosseltem Motor über dem Heimatort des selbsternannten Piloten kreiste und ständig an Höhe verlor.
Der Lenker des Fluggerätes habe nach einer Linkskurve noch versucht, die Geschwindigkeit wieder zu erhöhen, die Kollision mit den Bäumen aber nicht mehr verhindern können, berichteten drei Forstleute.
Die von den Augenzeugen beobachteten Flugmanöver deuteten laut Untersuchungskommission sogar darauf hin, daß der fehlbare Pilot, über seiner engeren Heimat kreisend, seine Aufmerksamkeit nicht mehr primär dem Fliegen zugewandt habe.

Franz wurde am Südende des Friedhofs beigesetzt. Die Asche seiner Freundin kehrte auf dem Seeweg nach Alaska zurück.
Franzens Erbe trat Vater nicht an. Die alte Harley wurde von einem schmächtigen Gerichtsdiener aus unserem Holzschopf gerollt. Als Pfand für den Flugschrott.

Über Franzens Grab hatte mein Vater am Tag darauf leise Harmoniumklänge gehört. Es sei ihm vorgekom-

men, als hätte sich das Instrument unterm Boden insgeheim wieder zu Franz gesellt.
Am 8. Mai 45, unvergeßlich für alle, die dabeigewesen waren, hatte Franz im Blauen Elephanten bis in die frühen Morgenstunden hinein zum Tanz aufgespielt.
Kurz vor Tagesanbruch wurde der schwarze Kasten dann unter Mithilfe einiger Militärmusikanten und trinkfester Luftschutzsoldaten auf den Fenstersims eines Gästezimmers im dritten Stockwerk des Gasthofes gehievt. – Um die Sprengwirkung der Friedensbombe zu erhöhen, war auf Geheiß des Organisten der Blasbalg mit Wasser aufgefüllt worden.
Das triefende Harmonium zerschellte unter großer Anteilnahme der gesamten Friedensmannschaft mit dumpfem Knall auf dem Dorfplatz neben der Drogerie.
Es gab kaum einen Haushalt am Ort, der sich im Lauf des hereinbrechenden Tages nicht eine Reliquie aus Elfenbein oder wenigstens einen feuchten Holzspan als Andenken an den Friedensschluß gesichert hätte.

Sonjas Vater entfaltete an Franzens Grab sein kariertes Taschentuch.
OW stand darauf. Das Tuch hatte die Größe eines Notfallschirms.

Er schneuzte sich hinein.
Über der Trauergemeinde kreiste die graue Maschine der eidgenössischen Landestopografie.

– 17 –

Zu Fuß war Franz an seinem zwanzigsten Geburtstag über den Sankt Gotthard aus seiner zeitweiligen familiären Verbannung nach Hause zurückgekehrt, um erstmals nach Alaska auszuwandern, wo er Eiswürfel gespuckt, dem Zerscherbeln seines gewaltigen Urinstrahls auf dem hartgefrorenen Boden zugehört und mit seinen zwei Eskimofrauen den Fisch geteilt hatte.
An den Ufern des Yukon River war es auch gewesen, daß er nach der Jagd mit zerschmettertem Fuß liegen geblieben und von einem Bären durch Schnee und Eis ins Camp zurückgeschleppt worden war.
Ereignisse, die Franz nach seiner vorübergehenden Rückkehr aus den Eiswüsten Alaskas in unserem Kontor auf Wunsch der gebannten Zuhörerschaft immer wieder neu aufleben ließ, bis es die Belegschaft fror und Großvaters Wut auf seinen mißratenen Sohn sich vom Zuhören längst abgekühlt hatte, die Männer in der Runde dringend einen Schnaps brauchten zum Aufwärmen.
Franz war es auch gewesen, der meinen jüngeren Bru-

der als erster *Sonne* genannt hatte, ohne mich deswegen im Schatten stehen zu lassen.
Ich verließ den engen Raum, setzte mich unter die Schwarzwälderuhr am Kopfende des Korridors und wog die beiden Tannzapfen in meinen Händen. Die Uhr stand still.
Am liebsten hätte ich die eisernen Zuggewichte durchs Verandafenster aufs Bahngeleise hinausgeschleudert, um ein für allemal mit der Zeit abzurechnen. Da spürte ich durch den Fußboden die Restwärme des Brotofens in mir aufsteigen. Sie machte meine Trauer um Franz eigenartig wohnlich.
Ich ließ die Gewichte wieder sinken.

Nachdem Franz gestorben war, hatte Vater keinen Bruder mehr, der sich um ihn sorgte, um den er sich sorgte. Er hatte nur noch uns, seinen Bereitschaftsdienst, der epileptisch im Kreis stand, wenn er einen Anfall hatte, ungeduldig und bleich auf seine Rückkehr wartete. Meinen Bruder drehten wir gegen die Wand, damit er nicht mitlitt.
Manchmal lachte Vater schon im Aufstehen wieder. Er tat, als ob nichts gewesen wäre. Oder fauchte uns an wie ein verletztes Tier.

Nachts darauf, wenn ich ihn durch die Wand nicht schnarchen hörte, schlich ich mich ins Elternzimmer, um mein Ohr an seinen Mund zu legen und zu hören, daß er atmete.
Mutter, die auch wach war, nahm mich dann bei der Hand und geleitete mich durchs Weihnachtszimmer, an Vaters Büchern und ihrem schwarzen Klavier, am grauen Gewölk der Polstermöbel vorbei in mein Bett zurück.
Im Schein der dunklen Monde, die durch ihr weißes Nachthemd schienen, schlief ich wieder ein.

– 18 –

Am schwersten taten wir uns in Zeiten relativer Schmerzlosigkeit. Wir hielten die Latenz neuer Wunden nicht aus, wandten uns sofort fremdem Leiden zu, das wir jedoch noch weit schlechter ertrugen als die eigenen Bresten.

Darum schnitten wir uns vorsichtshalber in die Finger, schütteten heißes Wasser auf die Oberschenkel, brachen das Schlüsselbein oder ein Rippchen. Wir opferten dem leidlosen Zustand, um ihn mit Scharmützeln hinzuhalten, bevor wieder etwas Währschafteres kam und Mutter bleich, mit verschlossenem Mund und dem weiß gewordenen Haar aus einer Klinik trat, die uns von der Kundschaft in guten Treuen gegen ihre zunehmende Schwermut empfohlen worden war.

Vater und ich hatten sie, gegen ihren schwachen Widerstand, ins Sanatorium eingeliefert.

Fahren wir, sagte sie nur, als wir ihre Koffer Wochen später wieder im Wagen verstauten und sie keinen Blick

mehr zum Haubentaucher zurückwarf, der mit schiefem Kopf in der Anstaltstür stehen geblieben war, um ihre Entlassung zu überwachen.
Zu Hause ließ sie als erstes ihr elektrisches Heizkissen, das ihr immer zum Anwärmen des kalten Bettes gedient hatte, verschwinden. Und sie wehrte den Kauf eines neuen, besseren Gerätes vehement ab.
Aus Angst vor den Stromstößen.

Ihren Rosenrabatten entlang geht's zur Südspitze des schmalen Gartens, wo ich mit Großvater zusammen zwei Bäume gepflanzt hatte, eine Pappel zur Geburt von Sonne und eine etwas verspätete, dafür schon recht stattliche Linde für mich selbst.
Wir redeten kaum miteinander, gruben die Erde auf, rammten Stützpfähle ein, spannten Schnüre, trugen Wasser herbei.
Die Pappel wurde drei Jahrzehnte später vom nachmaligen Käufer der Parzelle beseitigt, möglicherweise auf Drängen der Schweizerischen Bundesbahnen, die seit ihrer Pionierzeit die steile, jedoch unrentable Strecke, unseren Orientexpreß, unmittelbar am Gartenzaun entlangführten.

Das Fällen des Baumes muß ziemlich genau mit dem Tod meines Bruders zusammengefallen sein. Wir ließen eine Sonne in den Grabstein meißeln und unter seinem Namen genügend Platz für die Namen der Eltern. Sie machten es sich im Abstand von wenigen Jahren neben ihm bequem.

Eines Nachts, sternklarer Januar, habe ich sie auf die Gürtelsterne von Orion gesetzt, Vaters liebstem Zeichen am Winterhimmel. In ihrer Mitte Sonne. Sie lassen die Beine ins Weltall baumeln. Und fürchten sich nicht.
Jakob konnte ich nirgends hinsetzen, da er im Verborgenen schläft.

– 19 –

Meine Linde steht noch heute. Ihre wuchtigen Äste greifen in die unnütz gewordene Fahrleitung des stillgelegten Eisenbahntrassees hinein.
Es wächst Katzenschwanz zwischen den Schwellen, kein Glanz mehr auf den Geleisen, kein Streckenwärter mit kurzen Schritten und einer roten Warnflagge im Rükkenköcher. Und niemand, der dem Verwitterten eine Cremeschnitte durchs Küchenfenster reicht.
Er biß mit seinen kurz gewordenen Zähnen so heftig in die Patisserie, daß die Vanillecreme regelmäßig auf den braunen Schotter klatschte.
Er von der Bahn und wir sein spärliches Verpflegungspersonal am Rande der steilen Strecke.

An schulfreien Nachmittagen stemmte ich den schweren Sonnenschein unserer Familie über die fast unüberwindbaren Stufen in ein Abteil dritter Klasse hinauf.
Der Bruder saß aufrecht neben mir auf der Holzbank

und schaute unter seiner ausladenden Stirn hervor in die vorbeiziehende Landschaft hinaus.
Das Reisen machte uns leicht. Daß er nicht gehen konnte, vergaßen wir nicht. Aber fahren, fliegen, singen, das wußten wir, das ging.
Wir schlugen der alltäglichen Schwerkraft ein Schnippchen und fuhren auf der gut kontrollierten Strecke in einem geheimen Triumphzug grinsend am besorgten Elternhaus vorbei.

Wenn das Licht im Abteil tannengrün wurde und wir ins Tobel einfuhren, las mir mein Bruder in drei Landessprachen das Verbot vor, das uns untersagte, feste Gegenstände aus dem Fenster zu werfen. Auf jedem Holzsims war das Emailtäfelchen in doppelter Ausführung angebracht. Es war also Zeit, unsere leeren Flaschen, die ich im blauen Sportsack mitführte, aus dem Fenster in den Bach zu schleudern. Ich traf den Felsen genau.
Sonne schlug sich mit beiden Händen auf die Schenkel vor Lust, es riß ihm vom Lachen den Kopf in den Nacken, und er begann zu hyperventilieren. Ich hielt ihm Mund und Nase zu, bis er prustend wieder zu Atem kam.

An dieser Strecke übten wir uns auch früh ins Scheitern unserer gemeinsamen Träume ein:
Wir konnten noch so große Steinhaufen aufs Geleise schütten, in Folientüten hineingeriebenen Schwefel ganzer Streichholzpackungen und noch viel eindrücklichere Karbidladungen an der Strecke anbringen, um den gnadenlos an uns vorbeidonnernden Eisenbahnzug endlich einmal zum Entgleisen zu bringen, nie geschah etwas, das unseren Alltag aus den Fugen gehoben hätte – bis, nach einem gewaltigen Knall, der auch uns erschreckt hatte, bei der jungen Nachbarsfrau überm bahnnahen Kiosk wilde Wehen ausbrachen.
Vom Balkon herab, übers Geländer gekrümmt, schrie sie uns an, verzweifelt. Dabei hatte doch gar niemand das Recht, diese schöne Frau zu schwängern, am allerwenigsten ihr Buchhalter.
Sie schenkte ihm Zwillinge.

Zwischen Schiene und Baum muß noch heute unser Schatz vergraben liegen. Das Ofenrohrstück, das ihn birgt, wird längst verrottet sein.
Hatten wir nicht mit unserem Blut unterschrieben?
Und wie hieß der Wortlaut unseres frühen Schwurs und Versprechens? Ich weiß es nicht mehr.

Aber wir müssen schon damals gespürt haben, daß uns weder in Rom, London, Paris noch an der Strecke Beinwil-Beromünster, sondern nur *in* oder *unter* der Erde ein Überdauern möglich sein würde:
Wir visierten nämlich nichts weniger als die Ewigkeit an, führten einen Ritterhelm in unserem Wappen als Reverenz an edle Ahnen oder, unbewußt vielleicht, als Zeichen des Vorüberziehns.
Und das abgeworfene Horn eines Rehbocks legten wir, weil es uns teuer war, dazu.
Abenteurer, Forscher, Weltenträtsler – ja, eine Art *Erlöser* wollten wir werden, Sonja, Sonjas Brüder, mein rückwärtig geparkter Bruder und ich.

Den Lokführer zwangen wir dann doch noch, mit seinem Fuß vom Totmannpedal zu rutschen und mörderisch zu pfeifen und zu fluchen, als wir in unserem Lebens- oder Todesmut die Köpfe so lange auf den Schienen liegen ließen, bis wir das Herannahen des Orientexpresses in den Därmen spüren konnten. Als eine Art wilder Wehen.

– 20 –

Über die Schulter zurück fällt der Blick auf die Dachterrasse mit dem groben Asphaltbelag. Sonne sitzt auf seinem überdimensionalen Dreirad und dreht unter meiner Obhut seine Runden, ich feuere ihn an. Aus dem hoch aufgemauerten Waschküchenkamin steigt Rauch, das Klatschen der nassen Leintücher tönt herauf, die Wortfetzen eines italienischen Volksliedes. Neben dem Haus fällt das Einfahrtssignal des Orientexpresses in seine Ausgangslage zurück, die hochgezogenen Bahnschranken zielen wieder senkrecht ins fahrende Gewölk hinauf.

Am Morgen meines dreizehnten Geburtstages hatte eine Mitschülerin einen vollen Mond in den grauen Schulhaushimmel gemalt:
Der Kopf deines Bruders, die Wassermelone!
Ich hatte blind im Gelächter gestanden.
Am Nachmittag bog sich dann der Rauch aus dem Kamin aufs Terrassengeländer hinunter.

Gib ihm!
rief ich. Der Bruder nahm meine Befehle ernst, gab Vorlage, bemaß die Kurven zu eng und stürzte auf den Teer. Er schrie nicht, weil es ihm wie immer den Atem verschlagen hatte. Ich spürte die Lohe meiner aufgestauten Wut explosionsartig und erleichternd gegen die roten Innenwände schlagen, ging aber sofort auf die Knie und stieß dem Verwundeten durch die Nase Luft in die Lungen, preßte das Taschentuch auf seine wunden Stirnecken, gepackt und geschüttelt jetzt von fassungslosem Schmerz.
Dann trugen die herbeigeeilten Eltern den Bewußtlosen ins Haus, riegelten den Weihnachtstrakt vor mir und der Außenwelt ab.

Als könne ihr die schwere Arbeit nichts anhaben, stand Marietta am Heißwasserschiff und hievte ein weißes Laken nach dem anderen über den Beckenrand. Ich suchte unter ihren Flügeln Schutz. Marietta war zwölf Jahre nach dem Krieg aus ihrer südlichen Heimat zu uns gekommen, um sich ein neues Auge zu verdienen. Wer an ihrer rechten Seite ging, war betört von ihrer Schönheit. Wechselte man die Seite, stand man bestürzt vor der Zerstörung im jungen Gesicht. – Ein er-

schreckter Soldat hatte dem Kind kurz vor Kriegsende ein Auge ausgeschossen. Seither teilte sich ihr Gesicht in die versehrte katholische und in ihre stolze römische Seite.
Während der Maiandachten, zu der ich sie als kleiner Protestant manchmal begleiten durfte, hielt sie auch ihr gesundes Auge meist geschlossen, und ich betete sie ungeniert an. Waren die Eltern aus dem Haus, beichtete ich ihr in den Schoß.
Alfa, flüsterte ich, wenn sie mich Romeo mio nannte.

Das Verhältnis meiner Mutter zu ihrer südländischen Angestellten war zwiegeteilt wie Mariettas junges Gesicht. Der versehrten Seite vertraute sie ganz, am liebsten hätte sie täglich ihre Hand daraufgelegt, um sie zu heilen oder das Kind darunter wenigstens zu trösten. Die betörende Gesichtshälfte hingegen war ihr nie ganz geheuer – auch sie selber war ja noch nicht alt –, und sie verabscheute zutiefst, wie sie oft und entschieden festhielt, dieses *einseitige* Gebalze, dem die gesamte männliche Belegschaft unseres Geschäftshaushaltes oblag.
Und wahrscheinlich fürchtete sie um meine Unschuld, denn einmal war sie dazugestoßen, als ich als Wolf in Mariettas Dachzimmer lag. Ich hatte Kreide gefressen,

und das Kreischen meiner frisch gebrochenen Stimme alarmierte sie. Mutter stand im Türrahmen, als mir Marietta selbstvergessen die sieben Geißlein aus meinen kurzen Hosen herausoperierte.
So innig hatte ich später kein Märchen mehr miterlebt. Und daß das wahre Glück wortlos ist und nur von kurzer Dauer, davon bin ich seit jenem Nachmittag überzeugt.

Später rasierte ich Marietta auf ihren Wunsch hin die Achselhöhlen aus, seifte ihr Woche für Woche die zarten Waden ein. Wir hatten Amerika für uns entdeckt. Daß dann ausgerechnet ich sie davon abhielt, ihr schwarzes Haar strohblond zu färben, war wahrscheinlich falsch gewesen.
Den Brief aus Sizilien, den uns Marietta fassungslos entgegenstreckte, übersetzte uns eine Kundin über dem Ladentisch:
Es habe sich am Rande von Agrigento einer gefunden, der Marietta auch mit dem kaputten Auge nehme. Man könne sich also die Unkosten sparen und den Verdienst der ganzen sieben Monate im Brustsäckchen nach Hause tragen. Marietta reiste ab.
Nur das kranke Auge blieb trocken.

Als meine Fotos von Mariettas Abschied entwickelt waren, bat ich unseren Fotografen, der schon meinen Bruder und mich unter seiner schwarzen Decke hervor wie zwei Engelwesen abgelichtet hatte, ins eine Bild, das Marietta keine Zeit gelassen hatte, sich seitwärts abzudrehen, ein gesundes Auge hineinzuretuschieren.
Mit verdünnter Tusche und seinem feinsten Dachshaarpinsel in der Hand brachte er den gestockten Schmerz in Mariettas Gesicht endgültig zum Verschwinden.
Dieses Bild behielt ich für mich.

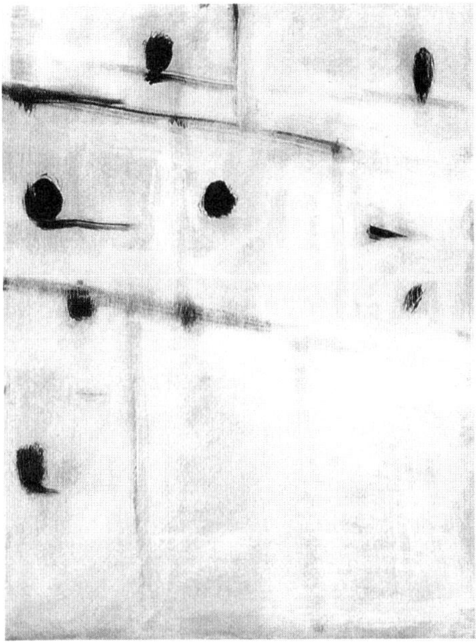

– 21 –

Wer recht in Freuden wandern will,
kauft seine Kleider nur bei Dill.

Der neue Konfektionär am Ort nahm mit diesem einschlägigen Reim gründlich Rache an Brettschneider, der sich unter dem entstehenden Konkurrenzdruck mit seiner vorlauten Frau sofort ins Vorarlbergische zurückzog. Was mir nur recht war. Allerdings wußte ich, daß sich der erfolgreiche Ladenbesitzer mit seinem Slogan nicht nur an Brettschneider, sondern auch an Emanuel Geibel, 1815 bis 1884, schadlos gehalten hatte.

Bei Regli hatten wir alle Geibel-Gedichte, die im Blauen Singbuch standen, auswendig lernen müssen. Er wollte uns, noch als Stellvertreter und schon weit über seine Pensionierung hinaus, Bleibendes mitgeben, brachte uns auch die Melodien dazu bei, obwohl er Deutschlehrer war und immer zu hoch anstimmte.

Regli war es auch gewesen, der mir neue Stoßdämpfer versprochen und das Versprechen auch gehalten hatte, nachdem ich ihn an einem drückend heißen Spätsommernachmittag auf dem Gepäckträger meines Motorfahrrades noch vor dem Gewitter ins Altersheim hinaustransportiert hatte.

Ich war von einer größeren Tour ins Dorf zurückgekehrt und lungerte am Bahnhof herum, als Regli hinkend aus dem Zug stieg. Ich lud ihn auf.

Brot gab es ja keines mehr zu liefern, da mein Vater kurz nach seinem fünfundvierzigsten Geburtstag vom »Brosamer« zum »Stromer« geworden war. Er zog durch alle Haushaltungen unseres Dorfes und notierte mit spitzem Bleistift den Strom- und Wasserverbrauch der Leute gewissenhaft in sein schwarzes Buch.

Um seine krankmachende Nachtarbeit endlich loszuwerden, hatte er sein »tägliches Brot«, wie er es noch immer nannte, fahrenlassen, ungern, aber gefaßt, und war zum »Hausierer« geworden.

Das direkte Wort allein, behauptete er, die Irritation in den Augen der Stromverbraucherinnen und -verbraucher, erlaube ihm, zwischen den kleinen Überheblichkeiten seines neuen, weitläufigen Kundenkreises für sich den Weg zu finden – und dabei als einigermaßen intakter Mensch zu überleben.

Selbst sein Vorgesetzter, ein ausgemergelter Technokrat und Nörgler aus dem Unterdorf, begann den »Heruntergekommenen« vom Obersteg im Lauf der Zeit mit anderen Augen zu sehen und zu respektieren.

In seinen Jackentaschen führte Vater neben den Hundebiscuits, dem Radiergummi, den Zigaretten, seiner medizinischen Notration und den Ersatzbleistiften immer auch eine Handlampe mit.
Praktischer wäre allerdings eine Stirnlampe gewesen, um durch die dunklen Flurgruben, die Treppenschächte und Kellerlöcher, die spinnwebverhangenen Estrichwinkel und stinkenden Aborte zu den schwarzen Zählerkasten vorzudringen.
Vermutlich wollte uns Vater vor der ohnehin stets drohenden Lächerlichkeit in Schutz nehmen und verzichtete zu unseren Gunsten auf diese Zyklopenmontur.

– 22 –

Der Arzt habe grob und ungeschickt in der aufgerissenen Scham meiner Mutter herumhantiert und dem gesunden Knaben bei der Geburt das Genick gebrochen. Mit seiner Eisenzange.

Vater scheute sich auch vor mir nie, die genauen Wörter in den Mund zu nehmen, wenn ich, was mir immer seltener möglich war, mein Moped stehenlassen konnte und mit ihm zusammen in den Außenquartieren unterwegs war, auf die abgelegenen Gehöfte mit ihren Kettenhunden und offenen Jauchegruben zuhielt und Fragen stellte.

Bevor Vater antwortete, las er einen Kiesel vom Boden auf, wies er auf den schrundigen Schädel des Tagmonds hin. Oder er machte mich auf den nassen einheimischen Weizen aufmerksam, aus dem sich ohne Beimischung ausländischer Ware, was die Bauern nicht gerne hörten, kein anständiges Brot backen lasse.

Dann zeigte er mit der ausgestreckten Hand ins Feld hinaus. Am Ackerrand stand eine abgehalfterte Transformatorenstation, ein barockes Türmchen mit rotem Ziegeldach.

Rapunzel, Rapunzel,

habe er dort draußen jeweils gerufen, als er mit der Elektrizität beruflich noch nichts zu tun gehabt habe.

Rapunzel, Rapunzel,

laß mir dein Haar herunter!

Er habe nie lange warten müssen, bis sich das Fenster unter der rostigen Traufe einen Spalt breit geöffnet habe und das junge, schöne Gesicht meiner Mutter im verwitterten Rahmen erschienen sei.

Den Schlüssel zum Turm hätten sie an einem Auffahrtstag, die Prozession habe mit ihren schleppenden Gebeten und scheuenden Pferden, den farbenfrohen Baldachinen und fettleibigen Priestern eben das Transformatorenhaus passiert gehabt, im halbhohen Gras gefunden.

Über das Eisentreppchen seien sie an den Isolatoren, den Stromwandlern und Sternschaltern vorbei ins enge Turmgemach hinaufgestiegen. Und zusammen hätten sie in der hereinbrechenden Dämmerung das ganze Dorf mit Energie zu versorgen begonnen:

Als weithin sichtbares Zeichen ihrer Liebe habe bald darauf in jedem Haus des Ortes ein Licht gebrannt, sagte er.

Für Augenblicke sah ich die Gestalt der beiden als junges Paar hinter Vaters Worten aufleuchten, wie ich es mir von den Eltern meiner Schulkameraden nie hätte vorstellen können.
Aber schon wischte sich Vater den flüchtigen Abglanz seiner Worte verlegen von der Stirn, um wieder auf die unaufhaltsame Verdüsterung von Mutters Seele zurückzukommen, die den Kampf mit dem Engel in ihrem Innersten wahrscheinlich lange vor Jakobs Geburt verloren gegeben habe.
Vermutlich schon auf ihrem letzten Rückweg von der Feldstation, sagte Vater. Als die Schwangerschaft für sie feststand.

In meiner Erinnerung lehnt Jakobs Kreuz noch immer an der mannshohen Scheiterbeige im Holzmagazin. Wie es hingestellt und später nie mehr verschoben worden ist.
Falls jemand irgendwann, irgendwo auf das Querholz mit den acht Buchstaben stößt:
Es gehört mir.

Der Autor dankt der Schweizerischen Kulturstiftung
PRO HELVETIA für die Unterstützung seiner Arbeit.

Nachwort

– *Nachwort* –

Der Grüne Heinrich von Klaus Merz ist genau so dick wie ein Bleistift Caran d'Ache 341-2. Er heißt »Jakob schläft«. Gäbe es Bleistifte, die so dick sind wie der »Grüne Heinrich« von Gottfried Keller, müßte man mit zwei Händen schreiben. Dennoch kann ich mir Leute vorstellen, die ins Zweifeln gerieten, wenn sie entscheiden müßten, welches der beiden Bücher sie mehr lieben. Die Liebe schaut bekanntlich auf keine Maßstäbe. Das unterscheidet sie von der Wissenschaft und von der Ökonomie. Und das hat sie mit der Kunst gemeinsam. Die zweieinhalb Seiten des »Unverhofften Wiedersehens« von Johann Peter Hebel wiegen gleich schwer wie die 772 Seiten des »Doktor Faustus« von Thomas Mann.

»Jakob schläft«, der Grüne Heinrich von Klaus Merz, besitzt einen merkwürdigen Untertitel. Er lautet: »Eigentlich ein Roman.« Ist das eine Entschuldigung? Ein preziöser Schnörkel? Bei Klaus Merz, der jedes Wort so behutsam aufnimmt und in Händen hält, als wär's ein Neugeborenes, kann man sicher sein, daß er keinen Untertitel aus bloßer Koketterie setzt. Es muß ihm damit ernst sein. Und sobald auch wir diesen Ausdruck ernst nehmen – »Eigentlich ein Roman« – erkennen wir darin eine grundsätzliche Äußerung des Autors über seine Kunst. Ich weiß, lautet diese Äußerung, daß ein Roman ein dickes Buch ist, in dem Massen von Wirklichkeit, Rotten von Figuren, Ketten von Ereignissen in Szene gesetzt werden, ein Buch in dem Schicksale anlaufen, sich steigern und verknüpfen, umschlagen, im Dunkel enden oder wieder ins Licht finden. Ich weiß, lautet diese Äußerung, daß ein Roman ein dickes Buch ist, in dem einer scharf beobachteten Außenwelt die ebenso reiche Innenwelt eines Helden gegenübersteht, und die Außenwelt ist ethnologisch und geographisch so zuverlässig geschildert wie die Innenwelt psychologisch und moralisch. Ich weiß das alles, lautet diese Äußerung, und ich weiß, wie schmal mein Buch ist, und doch ist es »eigentlich ein Roman«. Denn schaut nur hin, schaut nur genau hin, und ihr findet die Ereignisse und die Figuren, ihr findet die Schicksalskurven, ihr findet die Finsternis und das Licht, und Stoff genug ist da für die Ethnologen wie die Psychologen, und wenn's sein muß, bleibt auch für die Sexualfor-

scher noch etwas übrig. Das reicht doch »eigentlich«, oder nicht?
Es reicht tatsächlich, und daß es reicht, ist der Zauber dieser Kunst. So etwas will studiert sein. Also die Frage: Wie ist das möglich? Ob Klaus Merz ein Stück Prosa schreibt oder ein Gedicht, immer erscheint vor uns ein Stück Wirklichkeit in extremer Verdichtung, schwere Materie. Es ist überschaubar, selten länger als zwei Seiten. Das Entscheidende aber geschieht, wenn es endet. Wenn es endet, expandiert die Verdichtung. Sie schießt aus ins Imaginäre, wird zehnfach, hundertfach. Der Brocken dehnt sich zur Landschaft. Im Roman »Jakob schläft« treten diese Entfaltungen alle nebeneinander. Sie fügen sich zusammen, und es entsteht das Panorama eines Lebens. Rauschend rollt es sich aus zur bevölkerten Welt eines dicken Romans.
So begegnen wir denn im Werk von Klaus Merz immer beidem, dem Stück Schrift da vor mir auf dem Papier und dem weiten Raum, den es eröffnet. Das eine ist vielleicht nur handgroß, das andere reicht zu einem fernen Horizont. Um es filmisch zu sagen: Bei Klaus Merz zoomt die Nahaufnahme stets in die Totale. Daß wir selbst es sind, die diese Bewegung mit unserer Vorstellungskraft vollziehen, merken wir beim Lesen gar nicht. Wir erle-

ben nur die Öffnung und ein starkes Gefühl von Luft und Aufschwung. Immer ist bei ihm diese Luft da, Merzluft. Ein Text aus dem neuen Buch »Löwen Löwen«, einem Venedig-Buch. Vier Zeilen im Flattersatz; man weiß nicht, ist es ein Gedicht oder ein Prosastück. Bei Merz ist die Grenze durchlässig:

> Nach Torcello hinaus, zur Ursprungsinsel,
> dem Goldglanz im Chor, vors tausendjährige
> Mosaik:
> Das Weltgericht tagt. Im Weihwasserbecken liegt
> fingerdick Staub.

Das beginnt harmlos wie eine Reisenotiz, naiv fast: »Nach Torcello hinaus ...« Ein Schulaufsatz könnte so anfangen. Aber genau diese Banalität ist nötig, um die Steigerung zu ermöglichen, die nun Stufe um Stufe erfolgt, bis das Weltgericht tagt. Die Fahrt zurück zum Ursprung Venedigs führt zugleich in die mythische Zukunft, zum Ende der Weltgeschichte. Dann geschieht ein erstes Zoom, diesmal aus der Totale zur Einzelheit. Aber die Einzelheit, die in Nahaufnahme vor uns herangeholt wird, ist nicht das Gesicht des Weltenrichters hoch oben und auch nicht der sitzende Satan ganz unten, der den Antichrist wie ein Baby auf dem

Schoß hält. Die Einzelheit ist der fingerdicke Staub im Weihwasserbecken. Dieses Zoom aus der großartigen Steigerung heraus geschieht noch innerhalb des Textes. Mit dem letzten Wort aber, »Staub«, ereignet sich die Expansion in unserer Vorstellungskraft. Jahrhunderte des Glaubens und Unglaubens, der Jenseitsschrecken und Diesseitshoffnungen, der Diesseitsschrecken und Jenseitshoffnungen tun sich vor uns auf, und ihre Gewalt verkommt, verstaubt wörtlich in dem Becken, das niemand mehr mit dem frommen Wasser füllt. Es zählt so wenig wie das ganze goldgleißende Weltgericht, die Engel und die Teufel, die Verdammten und die Geretteten. Das Mosaik ist zum Postkartenmotiv verkommen; das Sakrale hat sich verflüchtigt. Die Welt, die an den Weltuntergang im Weltgericht glaubte, ist samt diesem Glauben selber untergegangen. Dennoch behält der lapidare Satz mitten im Text seinen Klang: »Das Weltgericht tagt.« Ein Satz, in dem es von ferne donnert. Er zwingt uns, kaum haben wir die alten Schrecken verstauben lassen, zur Frage, vor welchen Gerichten sich die Weltgeschichte denn für uns abspiele.

So wirft uns Klaus Merz vom Allernächsten ins Weite und vom Weitesten zum Allernächsten. Immer ist die-

se Bewegung da, dieser Sprung, der etwas aufreißt und Luft hereinströmen läßt, Merzluft.
Deshalb hat er den überscharfen Blick für die alltäglichste Arbeit, die Dinge und Griffe der Küche, der Werkstatt, der Fahrzeuge, auch die Dinge und Griffe der Liebe. Von dem allem ist der Absprung möglich, der Aufflug, die unerhörte Verknüpfung. Das kann auch eine Fahrt ins Verrückte sein, in den Traum, ins Phantastische. Alle Meister des Phantastischen waren grimmige Realisten. Klaus Merz gehört zu ihnen, der Verfasser, zum Beispiel, der Erzählung »Gottfried«. Merz setzt für dieses Schreiben seine alltäglichste Welt ein, die Welt im Winkel, im Wynental. Wer weiß schon, wo das Wynental liegt? Mit dem Wynental verglichen ist das Toggenburg von geradezu kalifornischer Bekanntheit. Trotzdem ist Merz kein Regionalist. Er braucht das Wynental gar nicht, das Wynental kann ihm gestohlen bleiben, er braucht nur hin und wieder einen Quadratmeter davon. Zum Abstoßen.
Oder er braucht einen Kopf, einen lebendigen Menschenkopf. Die sind überall etwa gleich, im Wynental, im Toggenburg und in Kalifornien. Aus dem Wynental kommt der Kopf seines Großvaters, so wie er uns

unvergeßlich bleibt, der Kopf des Bienenzüchters, von dem es heißt:
Schwärmte ein Volk, tauchte er in seinen persönlichen Jungbrunnen ein. Er bestrich sich den rasierten Kopf mit Honig und trug die Abtrünnigen als summende Krone heim.

Das steht in dem Buch, das »eigentlich ein Roman« ist, und ist eigentlich ein Gedicht. Der Mann mit der summenden Krone könnte auch ein Schamane aus Kamtschaka sein oder ein Häuptling der Aborigines. Er stammt aber aus dem Wynental, dort, wo es an Kamtschaka angrenzt und an Venedig.
Und dann ist da noch dieser andere Kopf, der Kopf des Bruders. Er ist viel zu groß, ein Wasserkopf, Hydrozephalus, nach dem Lexikon ein »abnorm vergrößerter Schädel infolge übermäßiger Ansammlung von Zerebrospinalflüssigkeit in den Hirnhöhlen«. Es bewegen sich viele körperlich Gezeichnete durch die Welt von Klaus Merz. Der erste, nie zu vergessende, immer neu mit Zärtlichkeit beschworene ist dieser Bruder. Auch im Venedigbuch steht er plötzlich wieder da, der Langverstorbene. Alles, was Schicksal heißt und Ertragen und wilder Widerstand dagegen, verdichtet sich in

ihm und strahlt von ihm aus auf die andern Beschädigten. Bei ihm lernen wir, wie der gezeichnete Körper die Liebe *und* die Bosheit der andern Menschen vermehrt. Man könnte versucht sein zu sagen, Klaus Merz schreibe so ausdauernd, weil er mit dem Bruder nie zu Rande komme und auch nie, nie mit ihm zu Rande kommen wolle. Das wäre zudringlich. Aber daß dieser Autor seit 1967 an der Arbeit ist, folgerichtig, unaufhaltsam und mit langem Atem, daß sich in ihm das Handwerksethos seiner Vorfahren mit poetischer Verwegenheit paart und mit der Lust an Schußfahrten, das darf man gewiß sagen. Die Schußfahrten auf zwei Rädern haben ihm in der Jugend zerschrammte Knie und Knöchel eingetragen, heute verdanken wir dem Glück in der sausenden Luft die Fülle einer eigenwilligen Kunst.

PETER VON MATT

Dieses Nachwort gibt die Laudatio auf Klaus Merz zur Verleihung des Gottfried-Keller-Preises der Martin-Bodmer-Stiftung wieder. Die Laudatio wurde am 13. März 2004 im Zunfthaus zur Zimmerleuten in Zürich gesprochen.

Thomas Hürlimann
Vierzig Rosen
Roman
Band 17687

On a du style, diese Worte ihrer früh verstorbenen Mutter hat Marie, die kleine Tochter der jüdischen Schneiderfamilie Katz, immer im Ohr. Halt gibt ihr die Musik. Die langen Abende, die sie am Klavier verbringt, scheinen ihren Weg vorzuzeichnen: Als begabte Pianistin hat sie eine große Zukunft vor sich. Doch mit den dreißiger Jahren bricht auch in der Schweiz eine dunkle Zeit an. Fluchtartig müssen Marie und ihr Vater das Familienanwesen verlassen. Um die Tochter zu schützen, schifft sich der Vater nach Afrika ein, und Marie geht in ein Kloster, dessen Mauern ihr mit der Zeit zum Gefängnis werden. Als der ehrgeizige Student Max Meier ihre Flucht aus der engen, katholischen Welt arrangiert, geht alles sehr schnell: Marie küsst ihn, sie heiraten, er geht in die Politik, sie wird schwanger. Nun muss Marie sich entscheiden zwischen dem geliebten Klavier und Max' Politikerkarriere, zwischen der Pianistin und der First Lady.

»Thomas Hürlimann hat einen grandiosen Roman über die destruktive Kraft der Liebe geschrieben, über das Gefängnis Familie und das unerbittliche Vergehen der Zeit. Das Grandioseste aber ist, wie er, indem er den Leser erschaudern macht, ihn zugleich auch tröstet durch das ewige Ticken der Uhren und den harmonischen Gleichklang der Geschichten vom Scheitern.«
Die Zeit

Fischer Taschenbuch Verlag

fi 17687 / 1

Markus Werner
Am Hang
Band 16467

»Ein großartiges Buch ... Hut ab vor Markus Werner«
Elke Heidenreich, Lesen!

Aus einer vielleicht nicht zufälligen Begegnung zweier Fremder entwickelt sich eine Parabel über das Leben, die Liebe, die Treue – und ein kriminalistisches Abenteuer, das am Pfingstsonntag ein ungeahntes Ende nimmt.

»Markus Werner ist ein glänzender,
unterhaltsamer und lebenskluger Erzähler ...
Er gehört zu den besten deutschsprachigen
Schriftstellern seiner Generation.«
Marcel Reich-Ranicki, Der Spiegel

Fischer Taschenbuch Verlag

fi 16467 / 1